KB269518

소나무 보이는 논밭에 핀
아름다운 자스민

소나무 보이는 논밭에 핀 아름다운 자스민

재료연구자 지음
材料研究者 著

좋은땅

1장

여름

目次

1

장(章)

———

여름
夏

비프 부르기뇽

취업 준비를 하며
채용 연락을 기다리며
긴장하는 너
그 옆에서 나는 너를 응원하며
비프 부르기뇽 파티를 하자고 했지
어느 날 울리는 전화
긴장에서 안도로 바뀌는 너의 목소리
소고기, 와인, 샐러리, 토마토와 같은
여러 재료로 만든 비프 부르기뇽
시큼 쌉쌀한 맛은 우리의 추억의 맛
너의 앞길을 밝혀주는 축복의 맛

ブッフ・ブルギニョン

就活をしながら

採用の連絡を待ちながら

緊張していた君

その横で私は君を応援しながら

ブッフ・ブルギニョンパーティーを申し出た

ある日鳴る電話

緊張からホッとしていく君の声

牛肉、ワイン、セロリ、トマトのように

いろんな材料で作ったブッフ・ブルギニョン

ちょっぴり苦く酸っぱかった味は

私達の思い出の味

君の未来を照らす祝福の味

매실주

어느 2월 근처 큰 공원에서 열린

매화꽃 축제

생각보다 적은 꽃에 웃어버린 우리 둘

아직 쌀쌀해서 당연했는데 말이야

거기서 산 작은 맛 비교용 매실주 3병

생햄을 안주 삼아 조금씩 사라지는 매실주

바알갛게 익어가는 너의 두 볼

얼마나 귀여웠는지

얼마나 사랑스러웠는지

梅酒

ある2月近くの大きな公園で開かれた

梅花のお祭り

思っていたより少ない花に

笑ってしまった私達二人

肌寒い季節だから当たり前だったのにね

そこで買った小さい3種飲み比べの梅酒

生ハムのおつまみと消えていく梅酒

赤く染まっていく君のほっぺ

どれだけ可愛かっただろうか

どれだけ愛おしかっただろうか

코

너는 너의 코가 둥글다고 싫어했지
나는 너의 코가 귀엽다고 좋아했지
너의 코끝을 악기 삼아 부르던 노래
내가 틀릴 때마다 들리는 너의 웃음소리
아직도 귀에 선하네

鼻

君は君の鼻が丸鼻だから嫌いと言った
私は君の鼻が可愛くて好きだった
君の鼻先を楽器のようにいじりながら
歌っていた歌
私が間違えるたびに笑う君の笑い声
未だ耳に残っている

치킨

한국식 치킨을 먹어본 적이 없다는

너를 꾀어낼 첫 구실

둘만의 첫 만남의 계기

그 이후로도 몇 번이나 함께 먹은

한국식 치킨

그와 함께 깊어져 간 우리 사이

치킨을 좋아하던 너는

가라아게도 좋아했지

어느 날 문득 말한

"가라아게 좋아하는 사람은 못 참겠네"

우리 사이의 유행어가 되었지

チキン

韓国風チキンを食べたことがないと言った

君を誘うための初めての言い訳

二人っきりのデートのきっかけ

それから何度も一緒にたべた

韓国風チキン

それと伴って深まった私達の絆

チキン好きな君は

唐揚げも好きだったね

いつの日か偶然言った

「唐揚げ好きにはたまらんな」

私達だけの流行語

큰 신사

매우 무덥던 어느 여름날

너의 차를 타고 방문한 남쪽의 큰 신사

어찌나 덥던지 한 바퀴 돌고 지쳤지

그 앞 상점가에서 먹은

소고기가 들어간 타르트와 고로케

다람쥐 같은 귀여운 모습으로

두 손으로 먹던 너의 그 모습

그 모습을 볼 수 있던 것만으로도

더위를 무릅쓰고 간 보람이 있네

大きな神社

ものすごい炎天の真夏のある日

君の車に乗って訪れた南の大きな神社

その暑さで一周しただけで疲れたね

神社の前の商店街で食べた

牛肉入りのタルトとコロッケ

リスのように可愛く

両手で持って食べていた君の姿

その姿が見られただけでも

炎天にもかかわらず訪れた甲斐があったね

과학관

너와의 두 번째 데이트 장소

여름날의 더위를 피하며

지적/감정적 교류

중간중간 휴식하며 물을 마시던 너의 모습

시시콜콜한 얘기와 함께 흐르는 시간

남아있는 사진 속에서

브이를 하고 있는 너와

그 옆에 서있는 나의 모습

科学館

君との二回目のデートのための場所

夏の暑さを避けながらの

知的/感情的交流

時々休みながら水を飲んでいた君の姿

くだらない話と一緒に流れる時間

残っている写真の中

ピースをしている君と

横に立っている私の姿

노란 필통

분석실에서 너와 함께

분광분석계의 결과를 해석할 때 눈에 띈

SAN FRANCISCO라 쓰인 노란 필통

오빠한테 받은 선물이라며

수줍게 말하던 너의 모습

너의 모든 것을 알고 싶던 그때

실험 결과뿐만 아니라

너에 대한 데이터도 축적되었네

黄色い筆箱

分析室で君と一緒に

分光分析計の結果を解析していたときに

気付いたSAN FRANCISCOと書かれていた

黄色い筆箱

兄からのプレゼントだと

恥ずかしく言っていた君

君のすべてが知りたかったその時

実験結果だけでなく

君のデータも蓄積できた

달리기

친구들과 하와이 놀러 갔다 귀국한 날
곧바로 너의 하교길에서 기다리던 나
나를 발견하고는
너의 얼굴에 미소와 반가움이 번지고
등에 맨 가방이 좌우로 춤추기 시작했네
귀여운 너의 그 모습에
나도 모르게 내민 손
손을 잡고 우리는 함께 걸었지

ダッシュ

友達とのハワイ旅行からの帰国日
そのまま君の下校を待っていた私
私を見つけ
君の顔には微笑みと嬉しさが広がり
背負っていたカバンが左右に踊り始めた
可愛い君の姿に
何気なく出した手
手を繋いで私達は一緒に歩いたね

학교 축제 날

일요일 나홀로 실험 중이던 학교 축제 날
너는 내가 먹어본 적이 없다고 한 간식을
나를 위해 사다 주었지
달콤한 그 간식의 맛은
설탕의 단맛이었을까?
아니면 너의 애정의 맛이었을까?
다시 한번 같은 맛 보고 싶네

学際の日

日曜日に一人で実験中だった学際の日

君は私が食べたことのないと言っていた

スイーツを私のために買ってきてくれたね

甘いそのスイーツの味は

砂糖の甘さだったのだろうか？

それとも君の愛情の味だったのだろうか？

もう一度味わいたいね

선글라스

선글라스 있냐는 나의 물음에

너는 없다고 했지

함께 보러 가자는 나의 권유에

너는 좋다고 했지

재밌는 모양의 선글라스

특이한 모양의 선글라스

다양한 선글라스를 써보다 찾은

너에게 딱 맞는 선글라스

サングラス

サングラスを持っているかと聞くと
君は持っていないと言った
一緒に見に行こうとの私の誘いに
君はついてきてくれたね
面白いサングラス
変なサングラス
いろんなサングラスをかけてみて見つけた
君にピッタリのサングラス

팬케이크

폭신한 생지 위에

다양한 토핑을 얹어 먹는 팬케이크

크림을 얹은 디저트 같은 팬케이크

단맛이 없는 식사용 팬케이크

과일로 달콤하게 맛을 낸 팬케이크

너와 함께했던

폭신한 추억들

パンケーキ

ふんわりの生地の上に

いろんなトッピングをのせて

食べるパンケーキ

クリームをのせたデザート系のパンケーキ

甘さ控えめの食事用のパンケーキ

果物で甘く味付けをしたパンケーキ

君と一緒に過ごした

ふわふわな思い出

고원

더운 여름날

너와 둘이 피서지로 떠난 여행

운전하는 너의 옆자리

조수석에 앉은 내 눈에 비친 새로운 풍경

구불구불한 산길을 지나 도착한

탁 트인 고원

한여름에도 시원하고 쾌적했지

근처에 있던 우리 둘만 있던 산책로

두 피사체와 멋진 풍경

바람에 날리는 너의 머리카락과 치맛자락

그 자체로 풍경화

高原

暑い夏の日

君と二人で避暑地へぶらりと旅

運転する君の隣

助手席に座った私の目に映った新しい景色

クネクネの山道を通ると

下を展望できる高原

真夏なのに涼しく快適だったね

近くの散歩路に行くと私達二人っきり

二つの被写体と素晴らしい風景

風に靡かれる君の髪とスカート

それだけでもう風景画

캐릭터 모자

쇼핑몰 안에 있던

유명한 캐릭터 굿즈 가게

장난스럽게 캐릭터 모자를 써보는

너의 모습

그 찰나의 순간을 담은

나의 카메라

전문 모델 부럽지 않은

화보 사진

キャラクターの被り物

ショッピングモールにあった

有名なキャラクターグッズの店

無邪気にキャラクターの被り物をかぶる

君の姿

その瞬間を捉えた

私のカメラ

専門モデルに劣らない

写真集レベルの写真

온천마을

서로 골라준 스웨터를 입고

방문한 온천마을

우리의 걸음과 함께

빨강과 초록 궤적으로 채워지는 온천마을

길 곳곳에 보이던

김을 뿜어내는 땅의 굴뚝

눈으로 느꼈던 온천마을

지역 특산물과 지역 요리 그리고 온천

입과 피부로 느꼈던 온천마을

温泉街

お互い選んであげたスウェットを着て

訪れた温泉街

私達が歩むと

赤と緑の軌跡で満たされていった温泉街

道のあちこちで見かけた

湯気を出している土からの煙突

目で感じた温泉街

特産品と郷土料理そして温泉

口と肌で感じた温泉街

인력, 척력

손잡고 걸어가는 우리 둘만의 장난

"인력"이라고 말하며

나는 너를 끌어당겼고

"척력"이라고 말하면

팔을 쭉 펴서 멀어졌었다

너는 "인력"을 좋아한다고 했다

나도 "인력"이 더 좋았다

引力、斥力

手を繋いで歩く私達二人だけのいたずら

「引力」と言いながら

私は君を引き寄せ

「斥力」というと

腕を伸ばして返した

君は引力が好きと言った

私も引力が好きだった

배씨 머리띠

경복궁 관광의 필수 코스
한복 체험
너는 하아얀 한복을 입고
동그란 배씨 머리띠를 했지
처음 하는 그 액세서리가
어찌나 잘 어울리던지
배씨 머리띠를 하고 날 보던
사랑스러운 너의 표정

ペシヘアバンド(韓服の髪飾りの一種)

景福宮観光には欠かせない

韓服体験

君は白い韓服を着て

丸いペシヘアバンドをつけていたね

初めてつけるそのアクセサリーが

どれほど似合っていたものか

ペシヘアバンドをして私を見つめていた

愛おしい君の表情

슈바인학센

족발로 만드는 독일 요리 슈바인학센

찾아다녀도 파는 곳이 거의 없었네

그 덕에 맛본 다양한 독일 요리들

소시지, 맥주, 슈니첼

결국 먹어보지는 못했지만

너와 나의 추억은

또 하나 생겼네

シュバイネハクセ

豚足で作るドイツの料理シュバイネハクセ

探しても売っているところがあまりなかったね

そのおかげで味わった他のドイツ料理

ソーセージ、ビール、シュニッツェル

結局食べることはできなかったけれど

君との思い出は

もう一つできたね

플라시보 효과

큰 산 근처의 호수 일주를 위해
역 앞에서 빌린 전기자전거
"전기자전거는 역시 편하네"하며
열심히 호수 둘레를 따라 돌았지
절반쯤 돌다 한번 눌러 본
전기자전거 핸들에 있던 버튼 하나
그제서야 작동하던 전기자전거 모터
함께 눌린 우리의 폭소 버튼

プラシボ効果

49

大きい山の近くの湖一周のために

駅前でレンタルした電気自転車

「電気自転車だとやっぱり楽だね」と

頑張って湖を周っていたね

半分ぐらい周ってから押してみた

電気自転車のハンドルにあったボタン

ようやく動き出した電気自転車のモーター

一緒に押された私達の爆笑のボタン

고야챰플(오키나와 전통 여주 볶음)

매우 더웠던 여름

입맛을 잃어버린 너를 위해

내가 만들었던

오키나와 요리 고야챰플

마트에서 산 조미료와 가쓰오부시로

간단하게 만든 요리

그럼에도 너는 맛있게 웃으며 먹었지

ゴーヤーチャンプル

暑かった夏

夏バテで食欲をなくした君のために

私が作った

沖縄料理のゴーヤーチャンプル

スーパーで買った調味料とかつお節で

簡単に作った料理

それでも君は美味しく食べてくれた

코리안 타운

일본 2대 코리안 타운 두 군데 모두 갔었지
오사카 쓰루하시에서는
팥빙수와 삼겹살
도쿄 신오오쿠보에서는
간장절임 비빔밥 종류와 김밥 종류
맛있게 먹던 너의 모습
카페, 식당 풍경과 함께 한 폭의 그림으로
내 눈에 남아 있구나

コリアンタウン

日本の二大コリアンタウン両方とも訪れたね

大阪の鶴橋では

パッピンスとサムギョプサル

東京の新大久保では

醤油漬け系のビビンパの一種とキムパ系

美味しく食べていた君の姿

カフェ、食堂の景色と一緒に

絵の一部として

私の目に映り残っている

마중

더운 여름날이었을 거야

너는 친구들과 강이 보이는 가게에서

와인을 마시고 놀다가 온댔지

너의 도착시간에 맞춰

너를 데리러 역으로 나갔지

적당한 취기에 마중 나온 나에게

평소보다 더 애교를 부리며 얘기를 했었지

함께 손잡고 걸으며

너의 집으로 바래다주던 그 길

한여름 밤이었는데

더위는 기억도 안나네

お迎え

暑い夏の日だったと思う

君は友達と川の見える店で

ワインを飲んで遊んで来ると言っていたね

君の到着時間に合わせて

君を迎えに駅に出た

少しの酔いで迎えに来た私に

いつもよりもっと愛嬌のある声や仕草で

話をしていたね

手を繋いで一緒に歩きながら

君の部屋まで送っていたその道

真夏の夜だったのに

暑さは全く覚えてないね

2

장(章)

—————

가을

秋

곰돌이

어느 날 내가 너에게 말한

너의 글씨체의 웃긴 특징

너의 글씨체를 따라 그리면 보이는

나른한 표정의 곰돌이 얼굴

내가 장난 삼아 스마트폰으로 그린 곰돌이

너의 맘에 들어 프로필 이미지가 되었지

지금은 그 곰돌이만이

너에게 남아있는 내 흔적

クマさん

ある日、私が見つけた

君の書体の面白い特徴

君の字に沿って描くと見えてくる

だるい表情のクマさんのお顔

いたずらで君のスマートフォンで描いた

クマさんのお顔

君のお気に入りで、

それ以降ずっと君のプロフィール写真

今はそのクマさんだけが

君に残っている私のあと

5의 배수 4의 배수

5, 10, 15, 20⋯

5의 배수는 너와 나의 공통점 중 하나

나는 8월 너는 12월

이건 4의 배수구나

5와 4로 이어졌던 너와 나의 공통점

５の倍数、4の倍数

5, 10, 15, 20。。。

5の倍数は君と私の共通点の一つ

私は8月、君は12月

これは4の倍数やね

５と４で繋がっていた君と私の共通点

노래방

너와 함께 간 노래방

너는 한 곡만 부르고

나머지 시간에는 내 노래를 듣기만 했지

하지만 너의 그 한 곡이

지금은 내가 좋아하는 노래 중 하나

들을 때마다 떠오르는 부끄러워하며

노래를 부르던 너의 모습

カラオケ

君と一緒に行ったカラオケ

君は一曲だけ歌って

残りの時間は私の歌を聴くだけだったね

でも君が歌ったその一曲が

今は私の好きな曲の一つ

その曲を聴くたびに思い出す

恥ずかしがりながら歌っていた君の表情

핏짜 아니고 피자

피자를 좋아하는 우리 둘

어느 날 동네에 있는 피자집에 처음 갔지

리뷰 중 인상 깊었던

"핏짜가 아니라 피자"라는 코멘트

무슨 뜻일까 궁금해하며 한입

먹자마자 빵 터진 우리 둘

이래서 핏짜가 아니라 피자였구나

ピッツァではなくピザ

ピザ好きの私達

あるひ近くのピザ屋に行ったね

レビューで印象に残っていた

「ピッツァではなくピザ」というコメント

それを気にしながらピザを一口

二人とも食べてすぐ笑ってしまったね

だからピッツァではなくピザっだったんだ

케이크

너와의 기념일에 빠지지 않았던 케이크

홀케이크, 조각 케이크, 타르트

우리가 먹었던 다양한 케이크

이러한 케이크가 기억에 남아있는 건

너의 생일에 실수로

바닥에 흘린 케이크 때문인지

그때 너의 눈물이 귀여웠기 때문인지

ケーキ

君との記念日に欠かせなかったケーキ

ホールケーキ、ピースケーキ、タルト

私達が食べたいろんなケーキ

こんなケーキが思い出になったのは

君の誕生日に

床に落としてしまったケーキが理由か

それとも

その時の君の涙が可愛かったからだろうか

(돌지 않는) 초밥집

우연히 알게 된 초밥집

회전초밥이 아닌 초밥집은 처음이라던 너

또 다른 처음을 함께한 기쁨

초밥을 즐기는 너의 모습

그 모습을 기쁘게 바라보는 나의 모습

너의 웃음은

우리가 새로운 가게에 도전하는

기분 좋은 보상

(回らない) 寿司屋

偶然知った寿司屋さん

回転寿司屋さんではない寿司屋さんは

初めてだった君

またの初めてを一緒にできた嬉しさ

お寿司を楽しむ君の姿

それを微笑ましくみる私の姿

君の笑顔は

新しい店への挑戦に対する

気持ちいいご褒美

우유, 가지, 비행기

밤늦게까지 이어지는 우리의 전화 통화
일상을 공유하다 스르륵 잠이 들었다
그러다 갑자기
나도 모르게 입에서 나온 우유라는 단어
깜짝 놀랬었지
그 이후
내가 뜬금없는 단어를 말하면
내가 졸리다는 것을 눈치챘지
우유 외에도 가지, 비행기를 말했었다
의도치 않게 너와의 추억이 담은 단어들

牛乳、ナス、飛行機

夜遅くまで続く私達の通話

日常を話しながら

知らぬ間に眠ってしまった

そうなったら突然

自分も気づかないうちに口から出た牛乳という言葉

それ以降

私の口から急に変な単語が出ると

君は私が眠いと気づいた

牛乳以外にナスと飛行機も言ったね

意図せずできた君との思い出の単語

기타

몇 년간 기타를 치던 너를 따라
최근에 배우기 시작한 기타
너는 클래식 기타
나는 실수로 어쿠스틱 기타
배울 때 생긴 손가락의 굳은살의 아픔은
너에게 들려주기 위한
희망에 가득 찼던 기대감

ギター

ギターを引く君と同じ趣味を持ちたくて

最近習い始めたギター

君はクラシックギター

私は間違ってアコスティックギター

習うときできた指先のまめの痛みは

君に聴かせるための

希望に満ちた期待感

사투리

친해지기 시작하고
자주 듣게 된 너의 사투리
너의 지역 사투리를 들을 때면
요즘에도 떠오르는 너와의 대화
동시에 되살아나는
너와의 소소한 추억들

関西弁

仲良くなってから

よく聞くようになった君の関西弁

関西弁を聞くと

今も思い出す君との会話

それと同時に蘇る

君との些細な思い出

인간 손난로

어느 겨울날 유난히 차갑던 너의 손

너는 손발이 차가운 체질이라고 했지

언제나 따뜻한 나의 손

너에게 내 온기를 나누며

너에게 내 마음도 나누었다

너의 전용 인간 손난로가 되겠다라고

人間カイロ

ある冬の日、やたら冷たかった君の手

君は末端冷え性と言っていたね

いつも温かい私の手

君に私の暖かさを渡しながら

私の気持ちも渡した

君専用の人間カイロになると

야다

옛날 한국 락밴드 야다의 노래
"이미 슬픈 사랑"
우리의 잡담 속 야다라는 단어가 나올 때
무조건 반사처럼 부르던
"떠나는 그대여 울지 말아요~"
장난으로 말리던 너와 웃음 짓던 우리
지금은 가사가 남의 일 같지가 않네

ヤダ

韓国の古いロックバンドのヤダの曲
「既に悲しい愛(イミスルプンサラン)」
雑談中にヤダという言葉が出るたびに
無条件反射のように歌い出した
「離れる君よ。泣かないで〜」
笑いながら止める君と微笑む二人
今は歌詞が他人事ではないようだね

치과

너의 치과 진료가 시작되고

너는 정기적으로 치과를 다녔지

연차를 낸 그날은 너의 외식 날

그날은 너와의 대화에

새로운 화제가 생기는 날

너의 취향에 대해

조금 더 알 수 있게 되는 날들

歯医者さん

君の歯科診療が始まって

君は定期的に歯医者さんに通っていたね

有休を取ったその日は君の外食の日

その日は君との話に

新しいトピックが加わる日

君の好みについて

もっと詳しく知ることができる日

양치질

칫솔을 주먹 쥐듯이 잡는 나

칫솔을 네 손가락으로 섬세하게 잡던 너

처음 봤을 때 서로 신기해했던 모습

양치질하는 모습도 귀여웠던 너

귀엽다고 말하면 부끄러워하던 너

그런 너를 볼 때마다 미소 짓던 나

歯磨き

歯ブラシを握るように持つ私

歯ブラシを4つの指で繊細に持つ君

初めてみたときはお互い不思議にみていたね

歯磨きする姿も可愛かった君

可愛いというと恥ずかしがっていた君

その君を見るたびに微笑んだ私

커피

너에게 커피는 하루의 시작

커피 원두 갈며 시작되는 너의 하루

드립커피 내리며 시작되는 너의 하루

나에게 커피는

밤샘작업을 위한 각오

커피 살 때 다지는 각오

コーヒー

君にとってコーヒは一日の始まり

コーヒー豆を挽いて始まる君の一日

ドリップコーヒを淹れて始まる君の一日

私にとってのコーヒーは

徹夜作業するための覚悟

コーヒー買うたびにする覚悟

병간호

발열로 인해 연구실에 오지 못하던 너를
간호하러 갔던 날
죽을 싫어하는 너에게
과일과 요거트를 사서 갔었지
다행히 너는 금방 나았지
나중에 내가 발열로 연구실 쉬던 날
이번엔 너의 호의 덕분에
젤리와 과일주스로 채워지는 나의 냉장고
힘들고 지친 몸에 퍼지던 너의 사랑

看病

発熱で研究室に来られなかった君を

看病しに君の部屋に行った日

おかゆ嫌いな君に

果物とヨーグルトを買っていったね

幸いなことに君はすぐ治ったね

数年後に私が発熱で研究室を休んだ日

今回は君のおかげで

ゼリーと果物系ジュースで満ちた冷蔵庫

疲れてだるい体に染みる君の愛情

손 인사

너의 자취방과 역 중간에 있던
나의 자취방
너의 지나간다는 메시지에 열어본 커튼
너의 모습이 모이면 열심히 흔들던 손
내 모습을 보고 손을 흔들며
미소로 답해주던 너

お手振り

君の部屋と駅の間にあった私の部屋

前を通るというメッセージに開くカーテン

君が見えると大きく振る手

私を見かけると軽く手を振り

微笑みで答えてくれた君

신칸센

장거리 연애의 필수 교통수단

만나러 갈 때엔 두근거림을 싣고 달리고

돌아올 때엔 아쉬움과 추억을 싣고 달린다

한 달에 한두 번

우리의 오작교가 되어준 고마운 존재

新幹線

遠距離恋愛において欠かせない乗り物

会いに行くときにはドキドキを乗せて走り

帰りは残念さと思い出を乗せて走る

月に一、二回

私達の鵲橋になってくれた

ありがたい乗り物

드레싱

찢은 양상추와 토마토로
간단하게 만드는 샐러드
너는 항상 드레싱을 사서 뿌린다고 했다
너와의 첫 데이트에서 점수를 따기 위한
일본에서 보기 힘든 키위로 만든 드레싱
시간이 지나 드레싱이 떨어졌을 때
새롭게 알려준
참기름과 소금으로 만드는 드레싱
이번 드레싱도 좋아해주었다

ドレッシング

千切ったレタスとトマトで

簡単に作るサラダ

君はいつも買ったドレッシングをかけると言ったね

君との初デートで点を取るために渡した

日本では珍しいキウィのドレッシング

あとでドレッシングが切れたときに

新しく教えてあげた

ごま油と塩で作るドレッシング

このドレッシングも口に合うといってくれたね

오므라이스

너는 양식 중 오므라이스를 제일 좋아했지

옛날 스타일 오므라이스

요즘 스타일 수플레 오므라이스

종류에 상관없이 좋아했지

지금 생각해보면

메뉴 정해놓고 먹으러 갔을 때 외에는

높은 확률로 먹은 오므라이스

너와의 추억이 담긴 그 메뉴

오므라이스

オムライス

君の一番のお気に入りの洋食はオムライス

昔ながらのオムライス

最近流行りのスフレオムライス

種類に関係なく好きだったね

今振り返ってみると

メニューを決めていたとき以外は

オムライスをよく食べていたね

君との思い出のメニュー

オムライス

와구와구

너의 차량 정기점검 시기

함께 방문한 차량정비소

둘이서 대기 중 했던 조용한 표정 장난

서로 소파에 마주 앉아

입으로 무언가를 물듯이 와구와구 했지

서로 영상으로 웃긴 모습을 남기며

새로운 장난을 기록으로 남겼지

パクパク

君の車の車検の日

一緒に行った車検場

待ちながら二人でやった静かな表情遊び

ソファに向かい合って座り

口でパクパクしたね

面白い場面をお互いに撮り合いながら

新しい遊びを残したね

흰색

너는 흰색이 참 잘 어울렸다

너의 이미지와도 잘 어울렸고

흰색 옷을 입을 때면

평소보다 분위기조차 이뻐 보였다

기회가 있을 때마다 너에게 말했던

"흰색이 잘 어울리네"

너는 수줍어하며 고맙다고 했다

그때 너의 그 표정도

흰색 같았다

白色

君によく似合う白色

君のイメージにぴったりだったし

白い服を着ると

いつもより雰囲気すらきれいに見えた

言う機会があるたびに君に伝えた

「白がよく似合うね」

恥ずかしがりながら言う君のありがとう

その時の君の表情も

表すと白

영화관

미국 단기 유학 가기 전 함께 간 영화관

함께 손잡고 본 영화

일본에서 처음 경험하는 함께 보는 영화

사랑하는 사람과 함께해서

더욱 마음에 남아있는 그때의 장면

미국에 있는 동안 애틋함을 느끼게 해주던

감정의 에너지원

映画館

アメリカへ短期留学行く前に行った映画館

手を繋いで一緒に観た映画

日本で初めて経験した一緒の映画鑑賞

愛する人と一緒であり

今も心に残っているそのときの場面

アメリカにいる間

愛おしさと会いたい気持ちを感じさせた

感情のエネルギー源

D 놀이공원, U 놀이공원

캐릭터 콘셉트로 유명한

D 놀이공원과 U 놀이공원을 갔었지

몇 번 와본 너를 따라다니며

여러 놀이 기구를 타며 즐겼지

대부분이 기다리는 시간이었지만

그냥 기다리는 시간이 아닌

함께 얘기하고 장난치던 즐거운 시간

사진과 함께 추억도 많이 남겼지

D遊園地、U遊園地

キャラクターコンセプトで有名な

D遊園地とU遊園地を一緒にいったね

何回か来たことのある君についていって

いろんなアトラクションに乗って楽しんだね

大半は待ち時間だったけれども

ただの待ち時間ではなく

君と一緒に話していたずらした楽しい時間

写真と一緒に思い出もいっぱい残したね

3

장(章)

겨울

冬

미소

너는 기억하니?

내가 너에게 반했던 순간을

소풍 후 약간 땀에 젖어 해맑게 웃던

너의 웃는 얼굴은 내 눈길을 앗아갔어

초승달 같던 너의 눈, 아직도 생생하네

나는 항상 너의 눈이 좋다고 했었지

너의 그 아름다운 미소가

앞으로 내가 아닌 다른 사람을 향하다니

이 감정은 무엇일까?

영화나 드라마처럼 미소로 마지막을 맞이하지 못한 내

못난 모습이 후회되네

차라리 못 놓아주겠다 이렇게 다시 내 마음을 전했으면

좋았을까…

微笑み

君は覚えているかな？

私が君に惚れた瞬間を

遠足のあと少し汗をかいた明るい君の笑顔

自然と私の視線を奪ったね

三日月のような君の目

今も鮮やかに目に浮かぶ

私はいつも君の目が好きと言った

君のその美しい微笑みが

これから他人に向かうとは。。。

この感情はなんだろう？

映画やドラマのように

微笑みで最後を迎えられなかった自分に悔しい

いっそ放せないと伝えるべきだっただろうか。。。

별

티비에서 적재가 부른

"별 보러 갈래"라는 노래가 흘러나와

우리가 학생일 때 천문대를 가자고 했었지

지금까지 많은 여행을 다녔지만

결국 함께 별 보러 가지는 못했구나

약간 차가운 공기

맞잡은 손

나란히 걷는 우리 두 사람

그 위로 쏟아지는 은하수

이런 장면을 상상했었는데…

星

テレビから歌手チョクジェの

「星を見に行こう」という曲が流れている

まだ学生の頃、天文台に行こうといったね

今までいろんなところを旅行したけど

結局一緒に星を見に行けなかったね

少し冷えた空気

繋いだ手

並んで歩く二人

その上の銀河

このような場面を想像していたのに。。。

바닥 난방(온돌)

차가운 발을 데우기 위해

너의 코타츠에 들어가서 했던 얘기

"집 안에서 발이 차가운 건 아직도 적응 안 돼"

기회가 되면 체험시켜주겠다고 했던

바닥 난방

무산된 약속

야속하게도 여전히 따뜻한 바닥 난방

床暖房(オンドル)

冷えた足を暖めるために

君のコタツに入って話したこと

「家の中で足が冷たいのは慣れないね」

機会があれば体験させてあげると言った

床暖房

なくなった約束

それでも相変わらず温かい床暖房

더 좋은 직장

남을 설득하는 방식 중에 하나인

나의 사회적 지위를 높이는 방법

꿈의 실현과 설득을 위해

더 좋은 직장으로 옮기려고 한다

생각보다 모집이 없고

모집에서도 아쉽게 탈락했다

가능한 빨리

나의 사회적 지위를 높이고 싶었건만

생각만큼 잘 되지 않네

잘됐다면 끝나지 않았을지도…

もっと良い職

相手を説得する方法の一つである

私の社会的地位を上げる方法

夢の実現と説得のために

もっと良い職に転職しようとする

思ったより募集がなく

少ない募集でも惜しく落ちた

できるだけはやく

私の社会的地位を上げたかったのに

思い通りにいかないね

うまくいったら終わりではなかったかも。。。

관람차

번화가에 있는 큰 관람차를 보고
너는 "커플이 타면 헤어진다"라는
소문이 있다고 했지
그래서 탈 생각조차 하지 않았는데
이제와 생각해보면
탔어도 됐었겠구나

観覧車

繁華街にある大きな観覧車を見て

君は「カップルが乗ると別れる」という

噂があると教えてくれた

それで乗ろうとは思いもしなかったのに

今になって振り返ってみると

乗っても良かったかもね

용신이 잠든 섬

내가 살던 동네 근처에 있던

용신이 잠들었다는 전설을 가진 섬

어느 봄날 너와 함께 놀러갔었지

그곳에서 보았던

용의 모형이 있는 신사와

용의 전설이 깃든 종

종을 울리는 것만으로는 부족했던 걸까

현실이 전설을 이겨버렸네

龍神が眠る島

私が住んでいた街の近くの

龍神が眠っている伝説のある島

ある春の日君と一緒に訪れたね

そこで見た

龍の像のある神社と

龍の伝説の宿った鐘

鐘を鳴らすだけでは足りなかったのかな

現実が伝説に勝ってしまったね

착신 거부

이별 통보 몇 개월 후에 보낸 서프라이즈 생일선물

놀랐다는 너의 메시지

두근거림과 억누르지 못한 감정으로

걸었던 전화

끊임없이 울리는 통화연결음

당분간 이어지는 메시지 주고받기로

깨달은 일부러 전화 받지 않던 너의 의도

거리를 두기 위함으로

머리로는 이해를 해도

첫 직접적 거부로 받은 마음의 충격

며칠간 이어진 충격

마무리를 위한 너의 각오임을 알았음에도…

着信拒否

お別れ通報の数ヶ月後に送った

サプライズ誕生日プレゼント

びっくりしたという君からのメッセージ

トキメキと抑えきれなかった気持ちで

かけてしまった電話

繋がらず鳴り続く発信中のメロディー

引き続きのメッセージのやり取りから

わざと出なかったんだと勘づいた君の意図

距離を置くためだと頭ではわかっていても

君からの初めてのお断りで

心のショック

片付けるための君の覚悟だと知りながらも

K-pop

오랜 해외 생활로 인해 생긴

나의 버릇 중 하나

조용한 집에 흐르는 음악

그때 그때 다르지만 주로 흐르던 K-pop

내 방에 놀러오면서

많은 옛날 K-pop을 접한 너

아주 많이 쌓인 공유하고 싶은 K-pop

이제는 혼자 들어야 하는 노래들…

K-pop

長い海外生活で身についた

私の習慣の一つ

静かな部屋に流す音楽

毎回違ってもよく流したのはK-pop

私の部屋に遊びに来るようになり

多くの古いK-popも知った君

まだいっぱいある一緒に聴きたいK-pop

もう一人でしか聴けない曲

4

장(章)

봄 春

감사

내 인생 중 가장 행복했던 5년

이것은 너에게서 받은 선물

문득문득 떠오르는 행복했던 장면들

동시에 느껴지는

행복했던 감정과 지금의 쓸쓸함

곧이어 밀려오는 허무함과 슬픔

나도 몰랐던 이렇게 다양한 나의 감정

새로운 내 모습을 깨닫게 해준

너와의 시간, 추억에 하는 감사

感謝

私の人生で一番幸せだった５年

これは君からのプレゼント

時々浮かぶ幸せだった場面

それと同時に感じる

幸せの感情と今の寂しさ

続いて訪れる虚しさと悲しさ

私ですら知らなかった

こんなに多様な私の感情

新しい自分に気づかせてくれた

君との時間、思い出へ贈る感謝

사진 포즈

사진 찍는 걸 어색해하던

부끄럼 많던 너

함께 다니며 찍은 많은 사진

조금씩 자연스러워지는 너의 모습

조금씩 장난기가 보이던 너의 모습

지금은 다른 사람과 자연스럽게 찍겠구나

写真ポーズ

写真を撮ることに不慣れで

恥ずかしがり屋さんだった君

一緒に旅しながら撮った多くの写真

少しずつ自然になっていく君の姿

少しずつやんちゃな顔が映る君の姿

今は他の人の写真に

自然な姿で映るだろうね

절임

치킨 무, 단무지 같은 새콤한 절임을
너는 싫어했지
식당에서 나오면 항상
내가 먹었지
장난으로 너에게 먹을래? 물어보면
얼굴 찌푸리던 너
요즘도 식당에서 새콤한 절임 나올 텐데
너는 어떻게 하고 있을까?

漬物

チキンム、たくあんみたいな
酸っぱい漬物が嫌いだった君
ごはん屋さんで出されるといつも
それは私の分
冗談で食べる？と聞くと
顔をしかめた君
今頃も出されているはずなのに
君はどうしているのだろう

밥 먹었어? 뭐 먹었어?

사귀는 동안 우리의 대화에서

대부분을 차지했던 먹는 거에 관한 얘기

초반에는 일방적인 나의 질문

"밥 먹었어? 뭐 먹었어?"

어느 순간 너도 나에게

"밥 먹었어? 뭐 먹었어?"

한국인들은 먹보인 줄 알았다는

다른 한일 커플 에피소드에

크게 공감하던 너

이제는 할 수 없는 얘기

ご飯食べた？何食べた？

付き合っている間の私達の会話

大半は食べ物についてだったね

付き合いたての頃は私からの一方的な質問

「ご飯食べた？何食べた？」

いつの間にか君も私に

「ご飯食べた？何食べた？」

韓国人はみんな食いしん坊と思ったという

他の日韓カップルのエピソードに

共感していた君

今はもう聞けないね

회사 동기

우연히 알게 된 너의 새 출발

혼자된 지 반년 후 시작되었다고 했지

매력적인 너였으니

회사 동기들도 신경 쓰였겠지

회사 동기와의 만남이라면

우리의 헤어짐의 이유는 없겠구나

나와의 만남과 같은 종류의 상처는

받을 일은 없겠구나

너의 얼굴에서 새로운 웃음이 피겠구나

그 상대가 나는 아니겠지만

앞으로도 계속 웃을 수 있기를

会社の同期

偶然知ってしまった君の新しい出発

一人になってから半年後に始まったらしい

魅力的な君だから

会社の同期も気になっていたのだろう

会社の同期との出会いなら

私達のお別れと同じ理由はなさそうだ

私との出会いでさせてしまった

苦しい思い出はなさそうだね

新しく笑顔になりそうな君

その相手が私ではないだろうけど

これからも笑い続けていられますように

마침표

추억을 회상하기 위해 방문한

기념일마다 가던 이탈리안 레스토랑

방문한 날 알게 된 레스토랑의 폐업 소식

간판도 사라지고

이전의 모습은 온데간데없었네

평소라면 훌훌 털어내고

다른 곳을 찾았겠지만

그날은 폐업 소식이 관계의 마침표 같았네

과거에만 존재하고

앞으로는 없는

우리의 추억

ピリオド

思い出に浸かるために訪問した

記念日に行っていたイタリアンレストラン

その日に知った閉業のお知らせ

看板もなくなっていて

前の姿は跡形もなかったね

いつもなら何気なく

違う店を調べていただろうけど

その日は閉業のお知らせが

関係のピリオドのようだったね

過去にのみ存在し

これからはない

私達の思い出

소나무 보이는 논밭에 핀
아름다운 자스민

ⓒ 재료연구자, 2025

초판 1쇄 발행 2025년 12월 26일

지은이   재료연구자
펴낸이   이기봉
편집   좋은땅 편집팀
펴낸곳   도서출판 좋은땅
주소   서울특별시 마포구 양화로12길 26 지월드빌딩 (서교동 395-7)
전화   02)374-8616~7
팩스   02)374-8614
이메일   gworldbook@naver.com
홈페이지 www.g-world.co.kr

ISBN   979-11-388-5201-2 (03810)